Zur Erinnerung an die mutigen
Erbauer des Hauses

Adolf Mehring
7.7.1922 – 1.11.2009
und

Marianne Mehring geb. Hansmann
12.12.1930 – 9.2.2020

In Liebe und Dankbarkeit für eine behütete Kindheit und Jugend!

Diese Hausbeschreibungen und Geschichten
sind in erster Linie für die Enkel und Urenkel
der beiden gedacht:
Hannah
Jannis
Felix
Charlotte
Maya
Sofia
Hugo
Sajan
Miljan

Allerdings können alle Dohlenkinder
sich sicherlich in diesen Geschichten
wiedererkennen!

März 2017

Im Dohlenbruch

Text,
Fotos und Zeichnungen
von
Carola Mehring

Vorwort

Anstoß zum Aufschreiben der Dohlenbruch-Geschichten war die Übergabe des Hauses an die nächste, die Enkel-Generation.

Die Erbauer-Generation ist inzwischen verstorben, niemand von den damaligen Käufern und Erstbewohnern lebt noch. Nur ein Haus wird von der Kindergeneration bewohnt, alle anderen Häuser sind verkauft worden, allerdings häufig an Familien aus Weitmar.

Die Kindergeneration wird in diesen Berichten mit den Kindernamen von damals genannt.

Die Berichte sind Kindheitserinnerungen an die Erzählungen unserer Eltern und an Erinnerungen an Ereignisse der späten 50-er, 60-er und der 70-er Jahre. Diese Berichte sind natürlich sehr persönliche Berichte.

Wir sind 3 Geschwisterkinder,
ich bin 1954 – noch am Westring - geboren,
Dolf kam 1955 als erstes Dohlenkind kurz
nach dem Einzug zur Welt,
Georg erst 1966 als letztes Kind der
Erbauergeneration.
In den Jahren zwischen den Geburten von
Dolf und Georg hat sich gesellschaftlich,
bei den Ansichten zur Erziehung, finanziell,
bei der Struktur der Bewohner der Straße,
aber auch im Haus sehr viel getan.
So gab es in Georgs Kindheit fast keine
gleichaltrigen Kinder mehr im ‚Block',
wir kamen im Block noch auf 20 Kinder.
Im Haus wurde technisch aufgerüstet:
Waschmaschine, Telefon, Fernseher,
Tiefkühltruhe, Heizung, Spülmaschine,
Wäschetrockner, ...
In manchen Berichten ist der Wandel der
Zeit zu spüren.

Aber vor allem soll das Leben in dem kleinen Haus, die Nachbarschaft und das Leben in der kleinen Straße mitten In einer Großstadt hervorgehoben und Erinnerungen wachgehalten werden.

Das Haus im Dohlenbruch

Dieses kleine Einfamilienreihenhaus war unser Lebensmittelpunkt. Hier spielte sich unsere Kindheit und Jugend ab, hierher kamen immer alle Freunde, hier gab es immer Kuchen. Auch später fanden Familienfeste, Weihnachten und Ostern im Dohlenbruch statt. Hierhin kam man **sofort** nach einem Urlaub, hier stellte man sein neues (altes) Auto vor, hier trudelten alle mit Kind und Kegel ein.

Der Kauf des Hauses

Nachdem Papa und sein Bruder Berni schon ein gemeinsames Hausprojekt in Bochum-Ümmingen in Betracht gezogen hatten, schrieb die Stadtverwaltung Bochum ein großes Bauprojekt in Weitmar aus. Damals wurde tatsächlich noch für die Zugehörigen einer Verwaltung oder eines Betriebes auf diese Art gesorgt! So entstand in Weitmar-Bärendorf auch die große BV-Siedlung (Bochumer Verein). Doch hier, in Weitmar-Mitte, gab es Grundstücke und Häuser für Beamte der Stadt. Damals gehörten noch die Lehrer und die Sparkassenangestellten direkt zur Stadtverwaltung. So kam es, dass unsere Nachbarn Lehrer, Beamte der Stadt Bochum und Angestellte der städtischen Sparkasse waren. Es gab für den Dohlenbruch und die Uhlenflucht zwei Kategorien von Häusern: Kleine Reihenhäuser im Dohlenbruch, größere Doppelhaushälften in der Uhlenflucht. Die Reihenhäuser sollten

33.000 DM kosten, die Doppelhaushälften 53.000 DM. An den Kauf einer Doppelhaushälfte war für einen Inspektor nicht im Traum dran zu denken, selbst der Plan, ein Reihenhaus zu erwerben, brachte meinem Vater Spott und Hohn von Arbeitskollegen ein. Es wurde geheiratet, um alle Zuschüsse zu bekommen und ansonsten wurde jeder Pfennig umgedreht, um das Häuschen bezahlen zu können.

Der Umzug

Am 31.8.1955 war es soweit. Es gab noch kein Licht und kein heißes Wasser in dem Haus, irgendetwas geht ja immer schief! Ich war noch zu klein, um irgendetwas von dem Umzug vom Westring (früher Gneisenaustraße) nach Weitmar mitzubekommen. Ich wurde sowieso zu meinem Patenonkel Franz und seiner Frau -Tante Klärchen - verfrachtet. Auf jeden Fall rief die Erinnerung an diesen Tag bei späteren Nachfragen bei Mama nur Stöhnen und bei Papa eisiges Schweigen hervor.

Aber da die Großeltern mütterlicherseits in die Wohnung am Westring zogen und natürlich ihre alte Wohnung gekündigt hatten, gab es keine andere Wahl.

So wissen wir nicht, ob es einen Möbelwagen gab. Wie sind Mama und Papa nach Weitmar gekommen? Mit der Straßenbahn? Hat sie jemand gefahren? Konnten sie mit dem Möbelwagen mitfahren? Ein Taxi? Im Leben nicht! So ein Luxus!

Dieser Umzug wird also nur mit dem Wort ‚Grauenhaft' in die Geschichte des Hauses ‚Im Dohlenbruch 7' eingehen.

Der Grundriss

Angeblich soll der Architekt einen Preis gewonnen haben, weil er auf einer Grundfläche von ca. 40 Quadratmetern ein vollständiges Haus geplant hatte! Jedes 2. Haus der Straße war spiegelverkehrt an das andere gebaut. Unsere Reihe, die ungerade Seite, bestand aus 6 Häusern. Die gerade Seite bestand aus zweimal fünf Häusern. Die folgenden Grundrisse der 4 Geschosse sind keine Bauzeichnungen, sondern Skizzen.

Der Vorgarten

Vor jedem Haus war ein kleiner Vorgarten, der trotz der Häuserreihe der Straße etwas Großzügiges gab. Leider zwingt die Parkplatznot die jetzigen Besitzer dazu, die Vorgärten in Parkplätze zu verwandeln und die Autos hier, direkt vor dem Küchenfenster abzustellen.
Die Küchenfenster sind der Schmuck der schlicht gehaltenen Häuser:
Sie haben Fensterläden! Bevor jeder Thermopenfenster einbauen ließ, waren die Läden sehr sinnvoll, sie hielten die größte Kälte im Winter ab. Heute sind sie mehr zur Zierde da: Dadurch strahlt die Straße mit den doch einförmigen Reihenhäusern

Gemütlichkeit und etwas Ländliches aus.
Aber auch hier haben einige Bewohner den
Kampf gegen die Fensterläden aus Holz
aufgegeben und sie entfernt.

Der Flur

Zwei Stufen und man steht im Windfang des
Hauses. Sehr klug, bei Regen kann man die
Taschen – und sich selbst - im Trockenen
abstellen und den Haustürschlüssel suchen.
Der schmale Flur bietet Platz für eine
Garderobe, ein Schuhschränkchen und eine
kleine Kammer neben der Tür, hier sind
wahrscheinlich in jedem Haus die
Staubsauger untergebracht. Dieser Flur ist
auch die Verteilerstation zu fast allen
Bereichen des Hauses. Besucher werden ins
Wohnzimmer gebeten, die Kinder werden
‚nach oben' geschickt, hungrige
Familienmitglieder werden sofort in die
Küche stürmen. Sehr zum Nachteil fehlt auf
dieser Etage eine Gästetoilette.

Blick durchs Wohnzimmer in den Garten

Treppe mit Treppenlift (in den späteren Jahren)

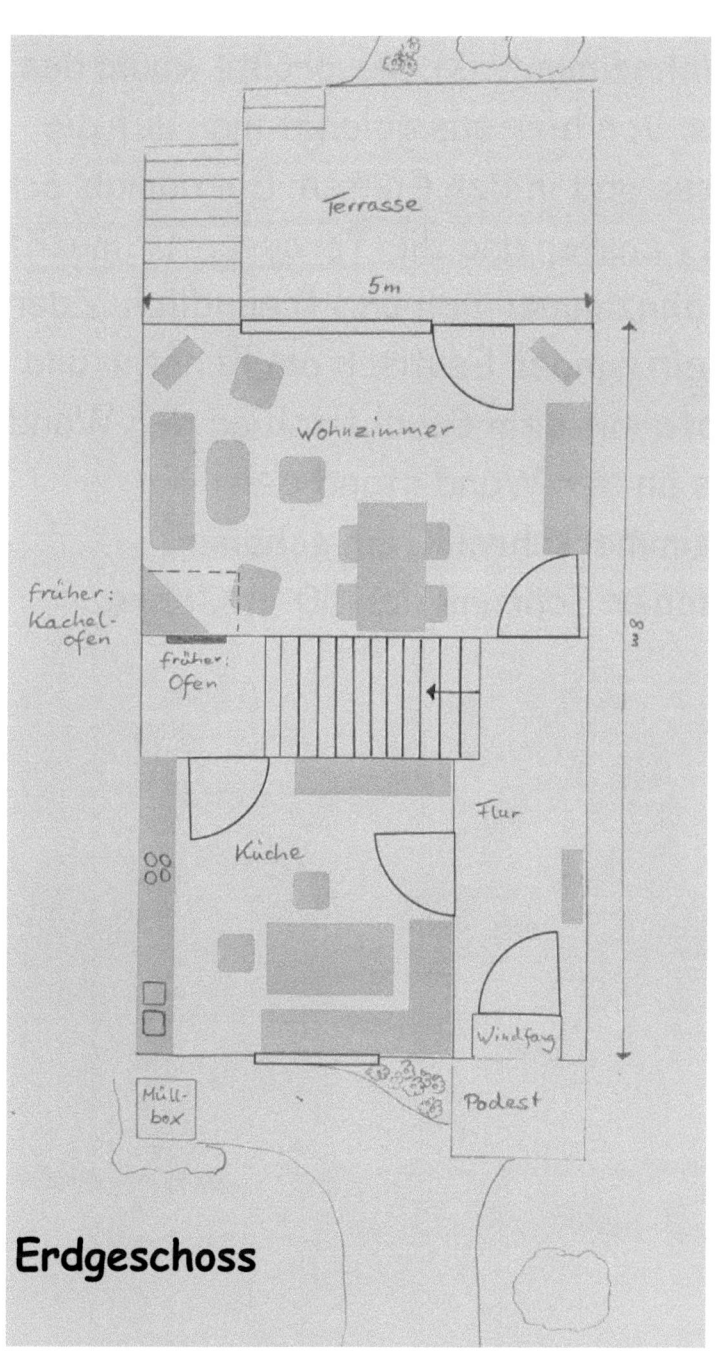

Erdgeschoss

Das Wohnzimmer

Das Wohnzimmer ist der größte Raum des Hauses. Von hier aus gelangt man auf die Terrasse und in den Garten. Ein damals schon großes Fenster und die Terassentür machten das Wohnzimmer hell und freundlich. Zuerst stand ein runder Esstisch am Fenster und das Sofa mit dem Couchtisch an der Wand. Rechts an der Wand stand der Wohnzimmerschrank, ein schöner, klassischer Schrank der 50-er Jahre.

Hier wurden alle Schätze für den stilvoll gedeckten Tisch, der 3-bändige Duden und die von Papa liebevoll gestalteten Fotoalben verwahrt.

Das Geschirr mit dem Goldrand, das man nicht in die Spülmaschine stellen darf!

In der Zimmerecke links von der Wohnzimmertür stand ein wunderschöner Kachelofen mit grünen Kacheln, der vom Treppenabsatz – erreichbar von der Küche aus – beheizt werden konnte. Dieser Kachelofen machte den gemütlichen Charme des Wohnzimmers aus, allerdings fiel ausgerechnet er den ersten Modernisierungsmaßnahmen zum Opfer.

Es wurden auch die Möbel gerückt: Schrank und Sofa blieben an Ort und Stelle, der Esstisch wurde vom Fenster weggerückt, so dass man besser einen freien Blick nach draußen hatte.

1964 wurde in die Zimmerecke bei der Terrassentür der Schwarzweißfernseher hingestellt. Das Telefon kam in die andere Ecke, in der Papas Sessel stand.

Sehr selten sahen wir Kinder fern: Ein bisschen Lassie, ein bisschen Bonanza. Die Augsburger Puppenkiste war am Sonntagnachmittag sehr beliebt, kollidierte aber mit der 15-Uhr-Andacht am Sonntag. Der Fernsehabend begann mit den Nachrichten, oft war er damit auch schon beendet. Nur dienstags gab es ‚Was bin ich?' Robert Lembke eröffnete mit seinem berühmten Satz: "Welches Schweinderl hätten S' denn gern?" diese harmlose, nette Abendsendung, bei der Papa gerne

19

mitriet. Am Samstagabend gab es :
EWG – *Einer wird gewinnen*
mit Hans-Joachim Kulenkampff.
Telefonieren durften wir Kinder nicht, zu den
Nachbarkindern konnten wir auch laufen.
Außerdem kostete ein Anruf 20 Pfennig!
Nur wenn wir sturmfreie Bude hatten,
starteten wir schon 'mal heimlich
‚Witzanrufe'. Damals konnte ja niemand die
Nummer sehen... Die Anrufe waren nicht so
furchtbar witzig, aber es war aufregend.
In diesem Wohnzimmer wurden alle Feste
gefeiert, Weihnachten war besonders
spannend. Zwei Tage vorher war das
Wohnzimmer abgeschlossen! Irgendwie
schafften es unsere Eltern immer, völlig an
uns vorbei den Baum aufzustellen und zu
schmücken. Auch die Geschenke kamen auf
heimlichen Wegen auf den Gabentisch.
In der Küche gab es nach dem
Kindergottesdienst Weihnachtskuchen – für
die Erwachsenen mit Kaffee – auf einmal war

Papa verschwunden und das Weihnachtsglöckchen läutete. Wir durften das festlich geschmückte Weihnachtszimmer betreten.

Ostern war ja nicht ganz so aufwendig, aber schön war es auch.

Eine logistische Meisterleistung waren die Kommunionfeiern. Das Mittagessen war schon in weiser Voraussicht zu Borgböhmer ‚Haus Waldesruh' ausgelagert, aber das Kaffeetrinken und das Abendessen mussten zuhause stattfinden! Der Wohnzimmertisch wurde ausgezogen, der Gartentisch angestellt, ob auch noch von den Nachbarn ein Tisch und Stühle geborgt wurden? Irgendwie wurde die ganze Verwandtschaft in diesem Wohnzimmer untergebracht!

Es platzte aus allen Nähten. Dann wurden die Torten aufgefahren, unsere Mutter war eine begnadete Bäckerin. Nachdem es Kaffee und Kuchen gegeben hatte, schlug die Stunde der Fotografen.

Papa und sein Bruder Berni ordneten und
dirigierten die Menschen auf der Terrasse.

In der Zwischenzeit wurde die Kaffeetafel
abgeräumt, das Geschirr gespült und die
Tafel für das Abendessen eingedeckt. Es gab
die berühmte selbstgemachte Sülze von
Tante Paula, dazu Kartoffelsalat, köstlich!
Hier passte der Spruch:
Jeder esse, was er kann,
nur nicht seinen Nebenmann!

Nach dem Abendessen platzte nicht nur das Wohnzimmer aus allen Nähten.....

Die Küche

Die Küche war klug konstruiert. Sie war groß genug für einen Tisch und Stühle oder eine Eckbank, so dass man hier im Alltag gut essen konnte. In den ersten Jahren gab es sogar an der kühlsten Stelle einen Vorratsschrank, da, wo die Küche an den Windfang stieß. Aber sehr schnell hatten alle Familien einen Kühlschrank und der Vorratsschrank wurde bei den meisten entfernt, um besser die praktische Eckbank stellen zu können. An der Seite zu den Nachbarn war die ‚Wirtschaftsseite'. Hier waren 2 Spülbecken, darüber hing das Kochend-Wassergerät von Vaillant. Es folgte nach links ein bisschen Arbeitsplatte, dann der 4-flammige Gasherd, früher mit echter Gasflamme! Außerdem stand auf dieser Seite der Kühlschrank. An der anderen Seite zur

Kellertreppe hin befand sich die Kellertür und der Küchenschrank. Auf diesem Küchenschrank stand lange Jahre die Kaffeemühle. Man kaufte wirklich **Bohnen**kaffee und musste ihn mahlen. Wir hatten lange eine elektrische Kaffeemühle, die so viel Krach machte, dass man zum Wachwerden eigentlich keinen Kaffee mehr brauchte.

Das Fenster war ein Straßenfenster. Durch den Vorgarten hatte man genug Rundblick auf die Straße, jeder hatte alles im Blick:

Die Kinder, die auf der Straße spielten;

Nachbarinnen, die vom Einkauf zurückkamen;

Besucher, die kamen und gingen;

den Postboten; den Paketboten;

Spaziergänger mit und ohne Hund ... kurz, man wusste Bescheid.

Und die Leute auf der Straße bekamen auch mit, was gebacken oder gekocht wurde: durch das Küchenfenster auf ‚Kipp' konnte man auf der Straße riechen, was es so gab.... Bei uns gab es - wie schon angedeutet – oft Kuchen. Zu jedem Pfarrfest, zu jedem Kaffeetrinken nach den Jugendgottesdiensten, zu den Basaren --- Mama backte den leckersten Kuchen und Papa brachte ihn an Ort und Stelle.

Der Ofen

Auf dem Treppenabsatz von der Küche zum Keller war der Ofen. Auf der anderen Seite der Wand war das Wohnzimmer, der Ofen beheizte also direkt den schon erwähnten Kachelofen. Doch die anderen Zimmer mussten ja auch mit Wärme versorgt werden. Im ersten Stock gab es 3 Säulen an der Wand, in diesen Säulen waren Gitter, die man mit einem Schieber verschließen oder öffnen konnte. Diese Säulen waren durch Rohre mit dem Ofen verbunden. Und da Wärme nach oben steigt, bekamen das Elternschlafzimmer, das Kinderzimmer und das Bad ein bisschen davon ab. Auch das

ausgebaute Dachgeschoss wurde so mit
Wärme versorgt, aber hier kam
leider nicht mehr ganz so viel Wärme an.

Mit der Wärme wurde allerdings auch der
feine Kohlenstaub transportiert, an den
Wärmeaustritten bildeten sich im Herbst
und Winter ‚Schmauchspuren', so dass die
Zimmer schnell schmuddelig wirkten und
öfter mal ‚übergestrichen' werden mussten.

Heizen

Im Herbst, Winter und Frühling war dieses
Heizsystem auch unser Wecker. Pünktlich um
5.30 h ging es los: Papa befeuerte den Ofen.
In einer Töte (ausgesprochen: Töööte
plattdeutsch/Ruhrgebiet für :
Kohlenschütte) wurde Kohle vom Kohlenkeller
auf den Treppenabsatz transportiert. Das
war aber noch nicht das Wecksignal, das kam
jetzt! Mit einem Schürhaken kratzte Papa
mit einem unheimlichen Getöse, durch das
Röhrensystem auch noch in jeden Raum

geleitet, die Asche los und setzte das Feuer neu in Gang. Die lose Asche sammelte sich in einer Art Schublade unter dem Brandherd und musste im Laufe des Tages in der ‚Aschentonne' entsorgt werden.

Niemand sagte ‚Mülltonne'. Der meiste Müll wurde sowieso im Ofen verbrannt und wurde eben zu ‚Asche'. Die ‚Aschentonnen' waren wahnsinnig schwer, sie waren aus Metall, in sie wurde die ja zum Teil noch heiße Asche gefüllt. Auch das war mit einigem Umstand verbunden. Die Aschentonnen für die ganze Häuserreihe standen am Ende der Häuserreihe in einem kleinen Kämmerchen, einem ‚Kabuff'. Dahin mussten die Frauen (echte Frauenarbeit) mit dem Aschenkasten bei Wind und Wetter laufen.

Putzen

Durch den feinen Kohlenstaub musste auch öfter geputzt werden. Und da alle mit Kohle heizten und auch noch die Zechen in Betrieb waren, war es auch draußen dreckiger.

Auf der Außenfensterbank vom Wohnzimmer lag nach ein paar Tagen (wenn bei schlechtem Wetter keiner draußen war) richtig feiner Kohlenstaub. Auch das wurde anders, als die Zechen geschlossen wurden und alle auf Öl- oder Gasheizungen umstellten.

Die Treppe

Drei Treppen hat das kleine Haus. Diese Treppen mussten wir alle tagein tagaus ständig benutzen, denn von allen Räumen gab es keine Zweitausgabe. Das war besonders nervig für den Besuch des Badezimmers im ersten Stock, in dem sich die einzige Toilette des Hauses befand. Die drei Treppen lagen übereinander, so war man gezwungen immer durch ein Zimmer zu flitzen, wenn man eine Etagen überwinden musste. Vom Hauseingang und Flur führte die erste Treppe, mit einer schwungvollen unteren Stufe, die ein bisschen hochherrschaftlich wirken sollte, nach ‚oben'. Wenn man nach ‚ganz oben' wollte, auf den Dachboden, musste man durch das Kinderzimmer, um erneut den Aufstieg zu beginnen. Diese beiden Treppen waren aus Holz. Bei maximalem Tempo war das Gepolter enorm und unsere Nachbarn von Nummer 9 werden unsere Treppentouren alle mitbekommen haben.

Um vom Flur in den Keller zu kommen, musste man erst durch die Küche. Eine Betontreppe führte in den Keller. Sie musste immer mal wieder gestrichen werden. Das erforderte eine penible Planung, solange die Farbe nicht durchgetrocknet war, konnte nicht gewaschen, keine Vorräte aus dem Keller geholt, keine Schuhe gewechselt werden! Denn auch die Schuhe der ganzen Familie standen im Keller im Regal hinter einem Vorhang verborgen.

Eine Hausaufgabe für Dolf im Fach Deutsch/Aufsatz/Vorgangsbeschreibung in der 5. oder 6. Klasse hieß wohl ‚Morgens auf dem Weg zur Schule'. Dolf hatte akribisch beschrieben, wie er sich von dem Kinderschlafzimmerchen auf dem Dachboden zum Bad in der ersten Etage zur Küche mit dem Frühstück im Erdgeschoss zum Fahrrad im Keller vorgearbeitet hatte. Er durfte seinen Aufsatz vorlesen. Irgendwann wurde es einem Klassenkameraden zu viel und er stöhnte laut auf: „Manno, wohnt ihr in einem Hochhaus?"

Das Badezimmer
Der kleine Funktionsraum war der Engpass im morgendlichen Start in den Tag. Hier gab es die einzige Toilette, erst später gab es noch eine im Keller.
Zuerst gab es eine Dusche mit einer hohen Umrandung. Dann erfolgte eine Modernisierung, die Duschtasse verschwand und es wurde eine Wanne mit

Duschmöglichkeit eingebaut. Das erwies sich im Laufe der Zeit als Fehlinvestition.

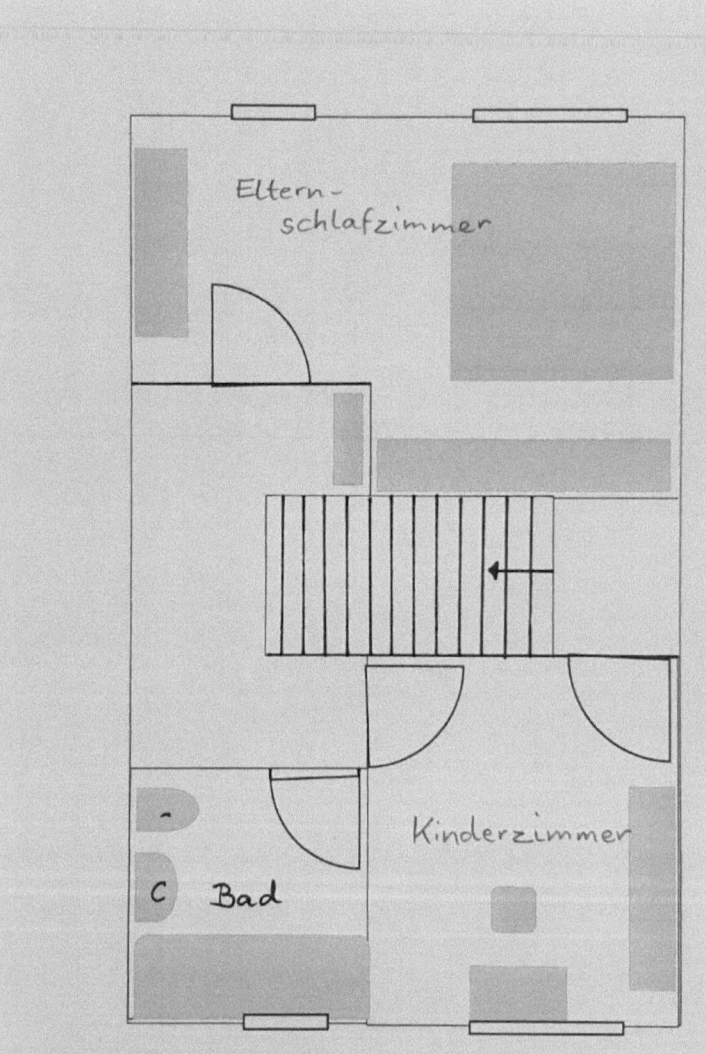

Eltern-
schlafzimmer

Kinderzimmer

C Bad

1. Etage

Gebadet wurde erst selten und dann nie. Man duschte weiterhin. Ein größeres Waschbecken sollte den Waschvorgang verbessern. Doch davon wurde es morgens auch nicht schneller. Die Folge war, dass Papa sich ganz früh fertig machte, dann wir Kinder. Wenn wir alle aus dem Haus waren, durfte Mama dran. Gemütlich war es dann sicherlich auch nicht, die Hausarbeit und der damals sehr aufwendige Einkauf warteten.

Das Kinderzimmer

Das Kinderzimmer hatte das Fenster zur Straße. Von hier aus hatte man den perfekten Überblick über alles, was sich auf der Straße tat. Hier entstand bestimmt der Ausdruck, dass Gardinen husten können.

Der kleine Raum änderte häufig seine Funktion. Als Dolf und ich unsere Schlafzimmerchen auf dem Dachboden hatten, war es das Zimmer für die Hausaufgaben und zum Spielen. Hier wurden mit Babsi, meiner Freundin, Monopoly-Schlachten geschlagen. Hier wurden die Straßen verschachert, der Knast umgangen, die Bank betrogen, Falschgeld gezeichnet! Herrlich!

Für die Hausaufgaben mussten Dolf und ich allerdings öfter getrennt werden, einer musste in der Küche arbeiten. Wir können uns nicht mehr entsinnen, warum das so sein musste... Nur ein Streit ist Dolf und mir unvergessen geblieben. Warum wir uns gestritten haben, wissen wir beide nicht mehr. Auf jeden Fall sind wir mit den kleinen dunkelbraunen Holzstühlen aufeinander losgegangen. Dummerweise haben sich dabei die acht Stuhlbeine so verkantet, dass wir sie nicht mehr auseinanderbekamen. Da war guter Rat teuer. Nach langen, vorsichtigen Drehen, Schieben, Ziehen, Schütteln und Rütteln hatten die Stühle ein Einsehen und trennten sich voneinander. Puh, waren wir froh! Und da wir nicht mehr so richtig wussten, warum wir uns gestritten hatten, war auch der Streit beendet.

Später schliefen Georg und Dolf in den Dachbodenzimmerchen, ich bekam das Kinderzimmer. Da es aber ein Durchgangszimmer war, sausten hier natürlich auch alle durch.
Und auf dieser Zwischenstation zwischen Badezimmer und Schlafzimmer ergab es sich, dass Georg immer eine Geschichte hören wollte. Hier las ich Georg alle – wirklich alle! – Pumuckl-Bücher vor! Wir holten die gefühlten 100 Bände aus der Stadtbücherei ...und dann ging es los. Morgens Meister Eder, abends Meister Eder!

Das Elternschlafzimmer
Das Elternschlafzimmer war ein schöner großer Raum mit 2 Fenstern zum Garten. Ich erinnere mich noch an braune Möbel mit dreiteiligen Matratzen in den Ehebetten. Irgendwann mussten sich wohl die Dohlen

abgesprochen haben, dass dreiteilige Matratzen out und einteilige in waren. Nach und nach bekamen viele Familien neue Matratzen und die alten wanderten wohl überall auf den Dachboden. Doch dann war ‚Sperrmüll'! Das bedeutete, dass alle großen Teile, die nicht im Ofen verfeuert oder irgendwie in die Aschentonne gequetscht werden konnten, am Abend an den Straßenrand gelegt und am nächsten Tag von der Müllabfuhr abgeholt wurden. (Wenn nicht vorher der Klüngelskerl gekommen war...) Doch dieser Abend war ein Abend für alle Kinder! Die Matratzen wurden zusammengetragen, aufeinandergestapelt und dann wurde darauf herumgetobt. Das war der Vorläufer für die modernen Trampoline, die allerdings mit Sicherungsnetzen ausgestattet sind. Wir rollten auf die Wiese der Vorgärten. Am nächsten Tag nach der Schule war die Herrlichkeit weg. Und die Dohlen schliefen auf modernen Matratzen.

Ob unsere Eltern zusammen mit den Matratzen ein neues Schlafzimmer gekauft hatten? Auf jeden Fall waren weiße Schlafzimmer modern und unsere Eltern bekamen diese schicken neuen Möbel. Dazu am Kopfteil eine mit den Übergardinen farblich abgestimmte Tapete! Es sah toll aus und war das modernste und stylischste Zimmer im ganzen Haus.

Der Dachboden

Der Dachboden beherbergte lange 2 kleine Schlafzimmerchen (ca. 8 m²) und einen ca. 20 m² großen Dachboden. Der Dachboden war eigentlich zum Trocknen der Wäsche in der Winterperiode vorgesehen, doch oft wurde die Wäsche in der Waschküche zum Trocknen aufgehängt. In den letzten Jahren half sowieso ein Trockner mit. Hinter einem Vorhang verborgen standen die Koffer für den Sommer und warteten auf ihren Einsatz.

Wenn der große Dachboden nicht mit Wäsche
bestückt war, hatten wir da oben unterm
Dach ein weiteres Spielparadies.
Hier stand auch Dolfs elektrische Eisenbahn.
Sein Traum. Schon mit 3 Jahren gab es die

erste kleine Eisenbahnrunde von Märklin.
Rückblickend hatte wahrscheinlich Papa sich
diese Eisenbahn geschenkt, nicht ahnend,
dass sein kleiner Sohn schon den
Eisenbahnvirus in sich trug. Aber so konnte
man sich hervorragend ein Hobby teilen: Papa
baute an der Anlage herum und klebte
liebevoll die schönsten Fallerhäuschen
zusammen. Die Häuschen waren natürlich

beleuchtet. Außerdem gab es einen Tunnel, Berge und Hügel, ein Dorf und einen Bahnhof. Alles war elektrifiziert. Niemand hat gezählt, wie oft die Züge ihre Runden drehen mussten. Dumm war bloß, wenn es einen Betriebsunfall im Tunnelbereich gab…

Hier konnten wir auch unserer Lego-Leidenschaft frönen. Wir hatten Kisten voll mit einfachen Steinen, Dachsteinen und später auch Fenstern, kleine Erweiterungsschachteln konnte man für 2 DM kaufen. Wir bauten Häuser und Häuser und Häuser. Immer komplizierter wurden die Grundrisse und damit die Herausforderung: Die Dachkonstruktion. Das Bau-Gen, mit dem alle Mehrings ausgestattet sind, konnte sich austoben.

Auch Georg baute und konstruierte hier riesige Ritterburgen aus Holzbausteinen für seine Playmobilmännchen, mit Wendeltreppen und den feudalsten Pferdeställen für -zig

Playmobilpferde, die ja alle untergebracht sein wollten.

Die beiden kleinen Schlafzimmerchen waren nur durch eine Holzwand getrennt. So konnte man gut den anderen durch Klopfattacken ärgern und am Einschlafen hindern.
Diese kleinen Räumchen hatten aber die ersten Velux-Fenster! Mit einem kleinen Rollo!
Besonders schön fand ich es, wenn es regnete. Vom leisen Klopfen auf die Scheibe bis zum ohrenbetäubenden Prasseln war alles dabei. Ich baute mir aus der Bettdecke eine Höhle und fand es so sehr gemütlich!

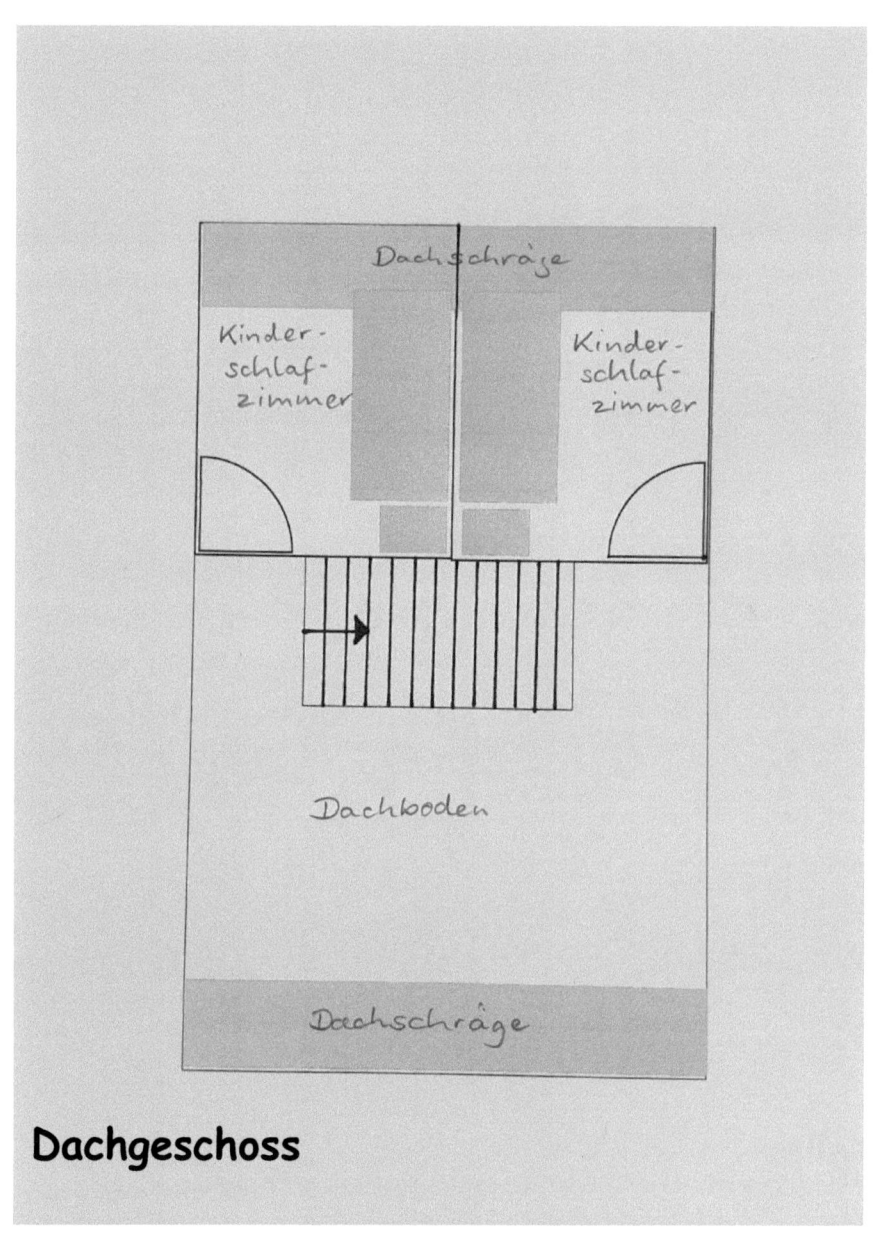

Dachgeschoss

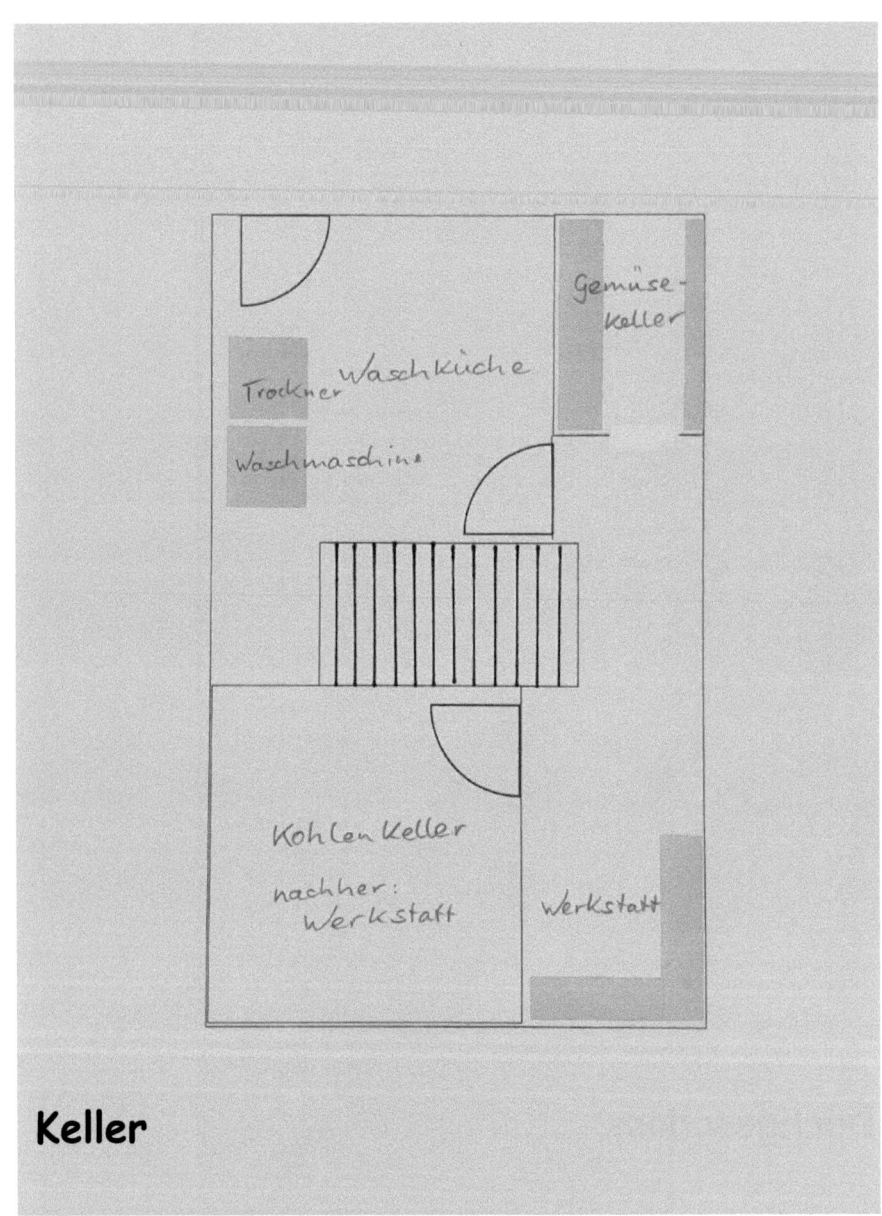

Gemüse-keller

Trockner Waschküche

Waschmaschine

KohlenKeller

nachher:
Werkstatt

Werkstatt

Keller

Der Kohlenkeller

Zur Straße hin gab es unterhalb des Küchenfensters ein Kellerfenster. Dieses Fenster hatte eine wichtige Funktion: Es war das Eingangstor für die Kohlen, hier befand sich nämlich der Kohlenkeller.

Im Herbst war es so weit: Bei Feuerstein wurden Kohlen bestellt, ein paar Tage später kam ein rumpeliger Lastwagen mit den Kohlen und lud sie auf der Wiese vor dem Haus ab.

Im Kohlenkeller wurde das Fenster geöffnet, eine Holzrutsche an das Fenster gestellt und die Tür zu den restlichen Kellerräumen verrammelt.

Nach Feierabend verwandelte sich Papa in einen Kohlenmann und scheppte den Berg Kohle durch das Fenster in den Kellerraum. Rundherum war alles voller Kohlenstaub, aber das war man im Ruhrgebiet gewohnt.

Der nächste Regenguss würde Abhilfe schaffen. Papa selber wird wohl sofort unter die Dusche gestiegen sein, aber daran habe ich keine Erinnerung mehr. Mit der Kohle wurden auch noch Briketts angeliefert. Damit war man für den kommenden Winter gerüstet.

Nach dem Einbau der Gasheizung wurde der Kohlenkeller ‚Partyraum'. Als wir ‚aus dem Haus' waren, erweiterte Papa seinen Handwerkerkeller und hatte hier seine kleine Werkbank, seine Dekupiersäge und seinen Brennpeter. Hier entstanden viele kleine Werkstücke für die Basare der Gemeinde.

Der Gemüsekeller

Nicht nur die Kohlen kamen in den Keller. Für den Winter wurden auch Kartoffeln eingekellert! Dafür gab es eine Kartoffelkiste, die als Boden eine Rutsche hatte. So rutschten immer Kartoffeln nach vorne, es wurden so viele genommen, wie man für das Mittag- und Abendessen brauchte. Im Herbst wurden 2 oder 3 Zentner von einem Kartoffelhandel gebracht. Es war immer ein Kauf mit Risiko. Waren die Kartoffeln nicht so lecker, hatte man den ganzen Winter über mehlige Kartoffeln. Und das, wo der Westfale doch so gerne Braaaatkartoffeln isst! Am Ende des Winters hatten die Kartoffeln aus den ‚Augen' oft schon lange Keime getrieben.

Und das, obwohl wir Kinder (!) einen Keimhemmer (gesundheitlich sehr bedenklich) darüber gestäubt hatten! Oder die Erdäpfel waren verschrumpelt. Irgendwann konnte man Kartoffeln den ganzen Winter über in 5-Kilo-Tüten kaufen. Unsere Eltern rechneten nach, ob es sich überhaupt lohnte, Kartoffeln einzukellern. Sie entschieden sich, lieber frische Kartoffeln zu kaufen, die Verluste waren wesentlich geringer und man hatte eine bessere Auswahl. Die Kartoffelkiste stand noch eine Weile im Gemüsekeller, doch irgendwann verschwand sie und der alte Küchenschrank wurde im Gemüsekeller aufgestellt. Hier lagerten Dosen und Töpfe, die selten gebraucht wurden.

Die kleine Werkstatt

Neben dem Kohlenkeller gab es noch ein fensterloses Räumchen, das wurde Papas Werkstatt. Viel Arbeit ging wohl auf die Ausgestaltung der Werkstatt drauf! Die Schränke waren selbstgebaut und das Verrückteste: Alle Türen waren liebevoll verziert! Und noch verrückter: Mit Laubsäge-Arbeiten! Und, wer unseren Papa kannte, wäre nie auf diese Motivwahl gekommen: Es wimmelte von Zwergen!
Hier wurden auch die Schuhe geputzt. Mit einem um den Zeigefinger gewickelten Lappen wurde die Schuhcreme auf die Schuhe geschmiert, passend zur Schuhfarbe natürlich und nicht zu dick und nicht zu dünn. Wenn man das bei allen Schuhen gemacht hatte, konnte man wieder vorne in der Reihe mit dem Blank-Bürsten anfangen.

Leider waren Papas Zwerge keine
Heinzelmännchen......

Die Waschküche

Waschtag war Schlechte-Laune-Tag. Auf jeden Fall für unsere Mutter. Sie hatte hohe Gummistiefel an, dazu ein Kopftuch und Schürze. Wir genossen die fast sturmfreie Bude, denn Mama war im Keller. Da ließen wir uns besser nicht blicken.

In der Waschküche stand ein Bottich aus Zement mit zwei Trögen, daneben eine ‚Waschmaschine' mit Trommel, in die die Wäsche und natürlich das Wasser mit Seifenpulver (Lauge) gefüllt wurde.

Von unten musste man die Trommel befeuern, so dass das Wasser heiß wurde. Mit einem Schwengel wurde die Wäsche hin und herbewegt. Aus der heißen Lauge wurden die Wäschestücke mit einer Holzzange herausgefischt und in die Bottiche geschubst. Dort wurden sie ausgespült. Feuchte Nebelschwaden erfüllten den Raum. In einer Wäscheschleuder ohne jegliche Sicherheitsvorkehrungen wurde die Wäsche

ein bisschen trockengeschleudert. Bei schlechtem Wetter musste die schwere feuchte Wäsche auf den Dachboden geschleppt werden, oft wurde auch die Waschküche selbst als Trockenraum genutzt. Leinen waren überall gespannt!
Bei schönem Wetter wurde der Garten umfunktioniert, dann wurde die Wäsche auch noch nach draußen geschleppt!
Doch auch in der Waschküche hielt die Technik Einzug, zum großen Glück für die Hausfrauen!
Wo steht das Denkmal für den Erfinder der Waschmaschine?
Geld wurde zusammengekratzt, eine Waschmaschine angeschafft, später auch noch ein Trockner. Die beiden Bottiche verschwanden, der Ofen auch.

Da die Waschküche ja eine Tür zum Garten hatte, wurde dieser Raum auch für das Gartengerät benutzt. Dadurch wurde die

Waschküche mehr und mehr von Papa in Beschlag genommen. Es wurde sein Raucherkabinett! In der Wohnung war die Ausübung dieses Hobbys nicht mehr erwünscht, hier unten war Papa ungestört und keinen Anti-Raucher-Propagandareden ausgesetzt. Nur einmal wäre es fast zu einem Feuerwehreinsatz gekommen!

Unsere Cousine Monika war zu Besuch gekommen, wir saßen gemütlich im Wohnzimmer. Papa verschwand unter einem Vorwand, **wir** wussten Bescheid. Monika wusste es nicht. Auf einmal stiegen feine Rauchwölkchen aus dem Kellerfenster vor dem Wohnzimmerfenster auf! Monika sprang hektisch auf und schrie: „Bei euch brennt's! Bei euch brennt's!" „Neeeee", konnten wir sie beruhigen, „das ist nur Onkel Adolfs Raucherpause in seinem Rauchkabinett!"

Das Raucherkabinett war gut mit Nachschub ausgestattet: Nach Papas Tod hat Mama 17

Schachteln Zigaretten an den geheimsten
Orten im Keller gefunden.

Die Straße

Der Dohlenbruch ist eine Sackgasse.
Niemand in der Straße hatte ein Auto, von
daher störte sich auch keiner an dem
schlechten Zustand der Straße. Doch dann, in
den späten 50er-Jahren, tauchten
Straßenbauarbeiter und eine Teermaschine
auf! Nach ein paar Tagen waren sie mit ihrer
Arbeit fertig und für den Abend wurde sie
für den ‚Verkehr' freigegeben. Kein Auto
weit und breit! Aber die älteren Kinder, die
schon Rollschuhe mit Eisenrollen (!) hatten,
hatten auf diesen Moment gewartet! Bis spät
in die Nacht durften sie – ausnahmsweise,
sonst war mit dem Aufflammen der Laternen
Schicht im Schacht – auf der superglatten
Straße fahren! Ich erinnere mich noch heute
an das laute Geräusch von mindestens 10

Eisenrollschuhpaaren und das Geschrei der größeren Kinder.

Spielstraße

Für uns war die Straße unser Spielplatz. Heute ist die Straße zugeparkt, jeder versucht irgendwie, sein(e) Auto(s) unterzubringen. Das war damals anders. Das erste Auto war ein Opel Kapitän, unser Nachbar hatte sich dieses prachtvolle Auto geleistet. Als er damit in die Straße fuhr, kamen alle Nachbarn nach draußen, um ihn und sein Auto zu bewundern und ihn zu beglückwünschen. Gott sei Dank für die Kinder hatte er sich aber für das gute Stück auch gleich eine Garage gemietet, 4 Garagen befanden sich am Anfang der Straße. Die Straße blieb noch lange unser Revier. Auch die Uhlenflucht wurde selten von einem Auto befahren, die Nevelstraße hatte einen breiten Bürgersteig, der Schulhof war sowieso autofrei und der Zickezackeweg auch.

So konnten wir mit 3 Kreidestrichen im Dohlenbruch ein Völkerballfeld zaubern. Für Brennball, für das man mehr Platz benötigte, mussten wir auf den Schulhof ausweichen, wenn wir aber ‚Bundesbahn' spielten, benötigten wir den ganzen Block. Der Hauptbahnhof war immer vor unserem Hauseingang. Mein Bruder war als Eisenbahnfan nämlich der Bahnhofsvorsteher. Die Lokomotiven waren die Kinder mit Fahrrad, an die Gepäckträger hängten sich die Kinder mit Rollschuhen. Manchmal konnten die Anhänger aber auch selbst fahren. Die Züge durften auch nicht einfach so durch den Hbf donnern, sie mussten an dem Garagenplatz oder in der Kehre warten, bis ihr Zug vom Bahnhofsvorsteher aufgerufen wurde. Und diese Ansagen hatten es in sich. Da die Kenntnisse in Erdkunde noch nicht so ganz auf festem Grund standen, waren die Strecken eher abenteuerlich zusammengestellt.

„Zurücktreten von der Bahnsteigkante! Der Zug von Köln über Hamburg nach München fährt ein!"

Auch kleine, abgelegene Orte – bekannt durch Urlaubsfahrten und Verwandtschaft im Sauerland - kamen auf einmal in den Genuss, von einem Zug beehrt zu werden.

Egal! Die Züge und ihre Waggons richteten sich nach den Ansagen und fuhren den ganzen Nachmittag ihre Strecken.

Die Nachbarn mussten tagelang mit diesen Bahnhofsdurchsagen leben. Und wenn sie hofften, dass der Bahnhofsvorsteher mal endlich heiser würde… weit gefehlt, ein echter Eisenbahnfan hält durch.

Nachmittags draußen

Sobald wir an die Klingeln der Nachbarhäuser kamen, war das Suchen nach Spielkameraden sehr einfach. Denn Spielkameraden brauchte man. Nicht nur für die aufwändigeren Mannschaftsspiele, auch für die kleinen Spiele am Nachmittag wie Gummitwist und Hümpeln, Seilchen springen, Plumpsack und ‚Müde, matt...' mussten Spielpartner gefunden werden. Aber Kinder gab es im Dohlenbruch und in der Uhlenflucht Ende der 50-er Jahre genug. Die Häuser waren ja fast zeitgleich an viele junge Familien verkauft worden, die mit dem Hauskauf auch eine Familie gegründet hatten. Entweder kamen die Kinder – vom Lärm angelockt – von selber auf die Straße oder jemand schellte und fragte kurz und knapp ohne weitere Erklärungen im schönsten Ruhrgebietsdeutsch: „Kommze raus?" Das Spiel konnte beginnen.

Ende des Spiels

Manche Spiele wurden den ganzen Nachmittag gespielt, manche Spiele endeten mit einem echten Ende, so wie ‚Müde, matt,...', manchmal hatte ein Mitspieler keine Lust mehr, manchmal gab es auch ganz einfach Streit. Im Winter endeten die Spiele auf jeden Fall, wenn die Laternen, die schönen alten, grün gestrichenen Gaslaternen, angingen, im Sommer endete der Straßenspielnachmittag pünktlich um ‚halb sechs'. ‚Halb sechs' war die Zeit, in der die Väter, die bei der Stadtverwaltung oder Städtischen Sparkasse bis 17 Uhr arbeiteten, nach Hause kamen. Dann gab es Abendbrot und der Tag ging seinem Ende zu. Nach dieser Regel richteten sich auch die Kinder der Lehrer, deren Väter ja schon eher zuhause waren. Wahrscheinlich waren alle Familien froh, dass es um diesen Punkt keine Diskussionen innerhalb der Familien gab. Um ‚halb sechs' war einfach Schluss! Es gab kein Gebettel und Gequengel, denn jeder wusste, am nächsten Nachmittag – so gegen halb vier - schellte jemand und fragte kurz und knapp ohne weitere Erklärungen im schönsten Ruhrgebietsdeutsch: „Kommze raus?" Das Spiel konnte beginnen.

Der Paketwagen kommt

Anders als heute, wo dreimal am Tag einer der Paketwagen durch die Straße fährt, kam der Paketwagen sehr selten. Dafür bekam allerdings der Paketbote Trinkgeld! 30 Pfennig... Denn wer bekam schon ein Paket? Selten genug schickte die Verwandtschaft ein Paket, selten genug wurde beim Versandhändler ‚Quelle' oder ‚Neckermann' etwas bestellt. Wenn also der Paketwagen hielt, guckten trotzdem alle heimlich am Küchenfenster. Man wollte auf keinen Fall die Lieferung verpassen! Und so konnte man beim nächsten Pläuschchen nachhören, ob die Ware von Quelle gepasst hat?

Bei uns waren eher zwei Paketadressen wichtig: Oesdorf! Vor Weihnachten wurde geschlachtet und gewurstet, dann kam ein Paket von Tante Lieschen, die ihre kleine Cousine in der großen Stadt nicht darben lassen wollte! Herrlich! Ein großes Glas mit Oesdorfer Leberwurst kam immer zum Vorschein, ein großes Glas mit Oesdorfer Blutwurst ebenfalls. Dann war immer ein Stück Oesdorfer Schinken - in Fettpapier eingewickelt - dabei und die von mir so geliebte Oesdorfer Bratwurst! Keine Wurst hat jemals den Geschmack dieser Wurst wieder erreicht! Oben auf den Herrlichkeiten lag natürlich ein Brief mit den Neuigkeiten aus Oesdorf, der immer mit den Worten begann: ,Heute Abend will ich mich mal ein bisschen mit euch unterhalten......'

Die zweite Paketmöglichkeit kam aus der DDR. Papas Freund aus dem Krieg – Horst Sterzel – wohnte in der DDR in Limbach/Oberfrohna bei Zwickau. Er besorgte von irgendwoher Erzgebirge-

Schnitzereien. Wir werden nie erfahren, welche Mühen diese Pakete gekostet haben. Aber wir hüten heute noch kleine filigrane Engelchen, Weihnachtskinder und einen roten schönen Nussknacker mit einem imponierenden Gebiss. Nur Nüsse knacken durfte er nicht. Papa hatte ihm Nüsse verboten, wohl wissend, was dieser Nussknacker emotional und auch finanziell wert war.

Der Tchibo-Wagen

Alle 4 Wochen ein Einkaufshighlight im Dohlenbruch! Der Tchibo-Wagen! Der umgebaute VW-Bus wurde von einer flotten jungen Dame gesteuert, die damals schon ‚Manchester'-Hosen trug! Niemand der jungen Frauen im Dohlenbruch trug ‚Manchester'-Hosen! Diese junge Dame sprang also aus dem Wagen und öffnete die Seitentür – der verführerische Kaffeeduft strömte auf die Straße. Schnell kamen die biederen Dohlenbruchfrauen zusammen und ließen sich das neue Sortiment zeigen. Ich glaube, es gab nur eine Kaffeesorte – aber verschiedene Verpackungsarten! Die beliebteste waren **Taschentücher**! 1 Pfund (500 g) Kaffee**bohnen** waren in ein Damentaschentuch eingenäht, 1 kg in ein Herrentaschentuch! Wenn man sich für die Größe entschieden hatte, musste man sich noch für das Muster und den Farbton entscheiden. Viel zu entscheiden gab es da nicht, aber man konnte mit den Nachbarinnen beraten.... In der Küche durfte ich dann vorsichtig den Beutel aufschneiden, immer wieder ermahnt, nicht in das Taschentuch zu schneiden. Dann wurde das Tüchlein gewaschen und gebügelt, gefaltet und in den Nachttischschubladen verstaut. Wir müssen ganze 100-schaften dieser Taschentücher gehabt haben und noch heute treiben sich Restexemplare in den mehringschen Nachttischschubladen herum!

Der Eiermann

Irgendwann tauchte der Eiermann jede Woche in seinem Kombi im Dohlenbruch auf. Der Wagen blitzeblank, er selber adrett in seinem grauen Kittel und einer Kappe auf dem Kopf. Er öffnete die hintere Klappe, dort standen ordentlich in Reih und Glied die Eierpappen aufeinander. In der Ecke hatte er eine Glocke stehen, aber die musste er nur

selten benutzen, die Haustüren öffneten sich von selbst. Je nach Jahreszeit und Backplänen verkaufte er an die Dohlenbruchfrauen seine frischen Hühnereier, am liebsten hatte er, wenn man die Eierpappe vom letzten Mal mitbrachte. Dann zählte er die gewünschte Anzahl in die Vertiefungen. Und mit den Worten: "Er hat 'nen Knick, den geb' ich Ihnen dazu!" bekam man ein Ei geschenkt.
Warum für unseren Eiermann die Eier männlich waren, bleibt wohl ein Mysterium seiner Zunft.

Die Bettler
Nein, es waren keine Bedürftigen, die an unsere Haustür klopften. Das war in einer Nebenstraße, wo alles beobachtet werden konnte, sehr selten.
Das ungewöhnlichste Bettlerpaar war ein Entenpärchen. Georg hatte einen winzigen Teich in unserem Vorgarten angelegt, genau

diese etwas größere Pfütze hatten die beiden
sich als Ausflugsteich ausgesucht. Jeden Tag
kamen sie angeflogen und dümpelten
gemütlich vor sich hin. Schon bekamen sie
Futter von unserer Mutter.
An dieses Ritual gewöhnten sich die Enten
schnell.
Eines Morgens klopfte es heftig an der Tür.
Verwundert öffnete unsere Mutter: Vor ihr
standen die beiden hungrigen Enten.
Sie hatte verstanden, sie war zu spät!
So ging es im Sommer und im Herbst, danach
haben wir das Entenpärchen nicht mehr
gesehen.
Doch ein weiterer tierischer Snackgast
stellte sich ein: Tina, der Dackel von der
gegenüberliegenden Straßenseite. Zuerst
kam Tina so, wie Dackel kommen: Sie sprang
forsch die beiden Stufen hinauf und bellte
kurz. Wenn geöffnet wurde, wusste sie sehr
schnell den Weg in die Küche zum
Kühlschrank. Vor der Kühlschranktür führte

sie zum Entzücken aller auf zwei Beinen wahre Freudentänze auf. Zur Belohnung für die Darbietung bekam sie eine Scheibe Wurst und ging dann wieder ihrer Wege. Irgendwann war ihr Frauchen dahintergekommen und hatte wohl ein ernstes Wort mit der Dackeldame geredet. Nun schlich Tina die beiden Stufen hinauf und machte sich dabei so platt wie eine Flunder. Ihr Frauchen sollte sie wohl von dem gegenüberliegenden Küchenfenster nicht sehen können. Dann legte sie sich in den Eingang und maunzte mehr wie eine Katze. Wenn die Tür dann endlich geöffnet wurde, schlängelte sie sich in den Flur, flitzte in die Küche und die Vorstellung begann.

Irgendwann gab es keine Tina mehr, unsere Mutter war sehr traurig.

Dann gab es noch einen Kinder-Snackgast.

 Uli war nicht so an Wurst interessiert, mehr an Schokolade. Er war noch zu klein, um an

die Klingel zu kommen, also ließ er die
Briefklappe an der Haustür klappern.
Dem Kind wurde ebenfalls immer geöffnet
und eine kleine Süßigkeit überreicht. Doch
auch hier kam Ulis Mama hinter die täglichen
Besuche der Snackbar. Es war ihr furchtbar
peinlich und sie verbot weitere Besuche im
Haus Nr.7
Aber das kluge Kind wusste, dass seine Mama
ihn nicht sehen konnte, wenn er von unten an
unser Haus heranschlich, um die Snackbar zu
besuchen. Die Familie wohnte nämlich auf
‚unserer' Seite, es drohte fast keine Gefahr.
Zur Begrüßung eröffnete er jetzt unserer
Mutter immer mit trauriger Stimme und
flehendem Blick: „Ich darf nicht betteln!"
Und da er ja nicht gebettelt hatte, bekam er
weiterhin sein kleines Schokostückchen, zur
Hälfte eingewickelt in Silberpapier, damit
das Kind sich nicht die Finger verschmierte.

Der Garten

Da das Haus nur etwa 5 m breit war, war auch der Garten nur 5 m breit, dafür aber ziemlich lang. Zäune zu den Nachbarn grenzten die Gärten ab. Unsere Eltern

hatten sich dafür entschieden, einen Nutz- und Ziergarten zu kombinieren. Am Haus war eine Terrasse, von deren Mitte führte eine dreistufige Treppe in den Ziergarten. Hier wuchsen – ordentlich am Rand entlang – Rosen und Rhododendren. Ein Kirschbaum sollte diese Strenge etwas auflockern und wurde auf das Mittelstück gepflanzt. Aber – sehr verwegen – etwas aus der Mittellinie gerückt! Auf dieses Mittelstück wurde Rasen gesät.

Im Garten musste ja auch die Wäsche getrocknet werden! Hier konnte man also keine Beete gebrauchen. Dafür gab es drei einbetonierte Halterungen, in die wiederum die grünen Stangen für die Wäscheleine aufgestellt werden konnten. Andere Familien hatten noch eine Teppichstange aufstellen lassen, das hatten wir aber nicht, vielleicht auch mangels eines Teppichs.
Wenn der verflixte Waschtag vorbei war, die Stangen mit den Leinen noch im Garten standen, das Wetter sich gehalten hatte, Mama wieder einigermaßen bei Laune war, dann durften wir die Kiste mit den alten Wolldecken aus dem Keller holen! Sie müffelten sehr nach Keller, aber das war egal! Mit den vielen - im Moment arbeitslosen Wäscheklammern - befestigten wir kunstvoll

die alten Decken an der Wäscheleine und hatten super Zelte! Mit der Zeit wurden unsere Zeltkonstruktionen immer ausgefeilter. Hier spielten wir ‚Vater, Mutter und Kind', bekamen jeder ein Stück Marmorkuchen und manchmal sogar Wasser mit Himbeersirup. Hier spielten wir ‚Indianer', bekamen jeder ein Stück Nusskuchen und manchmal sogar Wasser mit Waldmeistersirup. Hier spielten wir …….

Im hinteren Teil des Gartens sollte Gemüse und Obst gezogen werden, um die arg angespannte Haushaltskasse wenigstens ein bisschen zu entlasten. Es gab Rhabarber, rote Johannisbeersträucher, einen schwarzen Johannisbeerstrauch, mehrere Stachelbeersträucher und in der Mitte Erdbeeren.
Der Erfolg war mäßig. Obwohl Mama viele Jahre auf dem Land gelebt hat, waren ihre Kenntnisse in Bezug auf den Garten eher als

‚*sehr gering*' zu bewerten. Papa hatte sicherlich bei seinem Vater immer im Garten mithelfen müssen, aber durch Lehre, Arbeitsdienst und Krieg waren die Kenntnisse auf dem Niveau eines vielleicht 16-jährigen stehengeblieben. Um Klartext zu schreiben: Der Gemüse- und Obstgarten war eine Plage und dann eine Pleite. Der Kirschbaum blühte, aber dann stellte er jedes Jahr seine Tätigkeit ein, wir ernteten nicht eine Kirsche. Die Erdbeerpflanzen fielen regelmäßig den Schnecken zum Opfer. Von den roten Johannisbeeren konnten ab und zu kleinerer Mengen geerntet werden, aber die Beeren waren so sauer, dass etwa gleich viel Zucker dazugetan werden musste. Die schwarzen Johannisbeeren trugen gut, waren aber nicht beliebt. Wer mag schon schwarze Johannisbeeren? Es wurde ‚Aufgesetzter' angesetzt, aber auch den mochte offensichtlich keiner, die Flaschen standen Jahre im Keller. Die auch nicht sehr beliebten Stachelbeeren hatten ständig Mehltau und mussten entsorgt werden. Was blieb von dem Traum eines Selbstversorger-Gartens?

Der Rhabarber!

Er befindet sich noch heute an derselben Stelle im Garten und opfert bis zum 24.Juni seine Stängel für Rhabarberkuchen. Danach ist der giftige Oxalsäuregehalt zu hoch und lecker ist der Rhabarber dann auch nicht mehr.

Und der Ziergarten?

Der Kirschbaum hatte das mit der Zierde zu ernst genommen und seine eigentliche Aufgabe vergessen. Trotzdem stand er lange im Garten, bis er auch keine Zierde mehr war.

Für den Frühling wurden bei einem Versand-Gärtner ein paar Tulpen- und Osterglockenzwiebeln bestellt. Sorgfältig wurde jede Zwiebel einzeln eingegraben. Das Frühjahr kam, die Tulpen und Osterglocken kamen. Doch auch jetzt kam keine echte Freude auf. Papa hatte die paar Zwiebeln über den ganzen Garten verteilt, Mama hätte lieber üppige Grüppchen gesehen.

Die Rosen an den Seitenbeeten waren eine Herausforderung, denn jeden Samstag im Sommer ging es ans Unkrautjäten.
Jeder von uns beiden Kindern bekam eine Seite zugewiesen und wir mussten sehen, wie wir das Unkraut beseitigten. Immer blieben wir an diesen verflixten Dornen hängen und waren in kürzester Zeit völlig zerkratzt.
Die Stimmung sank. Wir hassten die Rosenbeete. Später, als wir nicht mehr für die Beete zuständig waren, wurden die Rosen durch Azaleen, Hibiskus, Mohn und Astern ersetzt. Merkwürdig, die jetzt bevorzugten Pflanzen hatten alle gar keine Dornen!

Doch der Garten war auch toll. Wir waren die ersten Kinder, die ein Planschbecken hatten! Gelber Boden, Durchmesser 1,50 m?

Vielleicht auch 1,60 m? Zwei (!) rote Gummiringe, die aufgeblasen werden mussten. Und wehe, der Slöpsel saß nicht richtig! Wenn alles seine Richtigkeit hatte, wurde Wasser eingelassen. Natürlich nicht vorgewärmt! Es war eisekalt! Erst im Laufe des Tages wurde es etwas angenehmer, allerdings war es da aber auch schon wieder voller Gras und auch sonst nicht mehr so ganz glasklar. Nach ein paar Tagen, wenn entweder das Wetter sich änderte oder der hygienische Zustand unhaltbar wurde, bekamen die Rhododendren das Wasser. Sie gediehen prächtig.

In diesem Garten wurden Ostereier gesucht, Kindergeburtstage gefeiert (meiner vor allem, ich bin im Sommer geboren), unzählige Kaffeetafeln mit selbstgebackenem Kuchen wurden hier gedeckt. Die Gartenmöbel wurden mit der Zeit immer komfortabler, die

Polster der Stühle dicker und der Aufenthalt gemütlicher.

Die Terrasse wurde neu mit Waschbetonplatten gepflastert und etwas vergrößert, die Stufen in den Garten zur Kellertreppe hin verlegt. Doch die Gärten blieben einfach schmal: 5 m ist wirklich nicht viel. So saßen bei schönem Wetter eigentlich alle sechs Familien dieser Seite des Dohlenbruchs (die mit den ungeraden Hausnummern) nebeneinander und tranken Kaffee. Man bemühte sich sehr um Rücksichtnahme und Diskretion, doch nicht immer klappte es so ganz.
Es war sonntags nach dem Kaffeetrinken; leise Unterhaltung, Zeitung oder Illustrierte lesen, einfach nur den schönen Tag genießen war angesagt.
Da schien sich aber im Garten von Nr.1 etwas zusammenzubrauen. Die beiden Mädchen wurden sich irgendwie nicht einig, bis ein

lauter Schrei durch den Garten von Nr.1 und damit durch alle Gärten erscholl: „Mama, die Anja hat **ARSCHLOCH** zu mir gesagt!" Knisternd und raschelnd wurden die Zeitungen und Illustrierten an die Seite gelegt. Das schien ja interessant zu werden. Von der Terrasse der Nr.1 kamen beruhigende und beschwichtigende Worte. Doch der Aufruhr ging weiter, die beiden Mädels waren auf Krawall gebürstet. Und dann gellte der zweite Aufschrei durch die Gärten: „Die Anja hat **PISSFLITSCHE** zu mir gesagt!" Hier halfen jetzt keine pädagogischen Worte mehr, wahrscheinlich wurden die Kinder ins Haus befördert. Aus allen anderen Gärten hörte man – man war ja taktvoll – leises Gepruste und Gekicher, dieses schlimme Wort hatte noch niemand vorher gehört!

Schlagartig war es im Wortschatz unserer ganzen Straßenseite für immer verankert.

Haustiere

Dolf wünschte sich immer ein Haustier, ich eher weniger, sicher erkennend, dass ich diejenige sein würde, die die Arbeit damit haben würde. Und so war es auch.

Zuerst kamen wir an eine Schildkröte, so, wie die Jungfrau ans Kind.

Constanze, ein Nachbarkind, allerdings ein paar Jahre älter als wir, hatte eine Schildkröte bekommen. Sie ging schon zum Gymnasium und hatte die griechische Landschildkröte ‚Sokrates' getauft. Angeblich hatte sie keine Zeit für das Tier und brachte sie zu uns. Mit dem hochtrabenden Namen konnten wir aber auch so gar nichts anfangen und tauften das arme Wesen in ‚Schnuppi' um. Wir hegten und pflegten es – unseren rudimentärem Wissen entsprechend – liebevoll. Damals gab es ja noch kein Internet, das man hätte befragen können. Und Fachliteratur? Vielleicht hätte es etwas in der Stadtbücherei gegeben, aber

auf die Idee sind wir gar nicht gekommen!
Also, Schnuppi bekam Salat. Davon bekam
Schnuppi Durchfall. Außerdem hatte
Schnuppi Fernweh und haute dauernd ab.
Heute kann ich sie verstehen. Aber man
brachte sie uns immer wieder. Und dann kam
auch noch der Winter! Schildkröten sollten
einen Winterschlaf machen! Wir besorgten
eine Kiste und betteten Schnuppi in diese
Kiste und stellten sie in die Waschküche.
Der Frühling kam und wir stellten sie wieder
in den Garten. Schnuppi erwachte nie wieder.
Wir beerdigten dieses langweilige Haustier,
das uns eigentlich nur Verdruss und ein
schlechtes Gewissen eingebracht hatte.
Also, ich hatte die Nase voll.
Nicht so mein Bruder.
Eines Tages zischelte er mir zu, er habe ein
Tierchen: „Aber nix der Mama sagen!"
Mit Lude, seinem Freund, hatte er sich eine
kleine weiße Maus gekauft, für 1,50 DM.
Noch lebte sie bei Lude, er hatte drei ältere

Geschwister, seine Eltern waren wohl einiges gewohnt. Dort lebte die Maus ein oder zwei Tage in einer Zigarrenkiste.

Doch dann musste das Mäuschen Mama vorgestellt werden. Ohne weitere Umschweife wurde sie ihr an der Haustür unter die Nase gehalten, das erste Ergebnis war vorhersehbar: Die Maus sollte weg. Doch die Maus war charmant und durfte dann doch bleiben. Als sie aber anfing, das Holz der Zigarrenkiste anzunagen, war klar, diese Behausung war schlecht. Es wurde tatsächlich ein kleiner Vogelkäfig gekauft! Hier lebte das Mäuschen, stank ziemlich und musste dementsprechend gereinigt werden. Das war nicht gerade unsere Lieblingsbeschäftigung. Eines Tages starb sie beim Spielen auf der Hand von Dolf, sie hatte wohl einen Herzschlag erlitten. Auch dieses Tierchen mussten wir beerdigen und damit war das Thema ,Haustier' beendet.

Viele Jahre später erschien ein anderes Tierchen auf der Bildfläche des Dohlenbruchs. Wir Kinder waren schon aus dem Haus, doch kamen alle häufig vorbei. Mit sorgenvoller Miene berichteten uns unsere Eltern, sie hätten 'Ungeziefer' in der Wohnung. Beide waren sehr gekränkt, denn die Wohnung war penibel sauber und gepflegt. Und dann sowas! Aber immer wieder ertönte – mal hier, mal da – ein hohes, feines ‚Piep' wie von einer Grille oder Heuschrecke oder Heimchen. Wir vermuteten ein Heimchen. Papa stellte dem Tierchen mit einer Spraydose nach, doch nichts half. Mama reinigte die Ecken und Kanten des Flures und der Holztreppe noch intensiver, das brachte auch keinen Erfolg. Es piepte. Als auch die Verwandtschaft das ‚Piep' hörte und sich als Urheber des Geräusches auf ein Heimchen einigte, musste mehr geschehen, ein Kammerjäger wurde bestellt.

Er kam, es piepte ... und der Kammerjäger
hatte Spaß!
„Schon mal die Batterien von den
Brandmeldern gewechselt?", fragte er Papa.
Damit war das Heimchen entlarvt. Der
Kammerjäger musste kein Haustierchen
töten, er nahm auch nur ein Trinkgeld.
Bei uns gab es nie mehr ein Haustier.

Musik

Unsere Mama war – im Gegensatz zu unserem
Papa – musikalisch. Sie konnte gut singen und
tat es gerne. Sie kannte viele Volks- und
Küchenlieder, sie liebte das musikalische
Drama: ‚Mariechen saß weinend im Garten...'
oder ‚Sabinchen war ein Frauenzimmer' oder
‚Sah ein Knab ein Röslein steh'n'...
Musikalische Dramen sollten sich auch bei
uns zuhause abspielen. Doch dazu später 😊!

Das, was unseren Eltern verwehrt war
(musikalische Erziehung, weiterführende
Schulen), sollten wir auf jeden Fall erhalten.

Wir bekamen alle drei Blockflötenunterricht, der bei Georg sehr schnell scheiterte. Dolf und ich hielten durch, dazu kam Altflöte und Gitarre, bei Dolf auch noch die Geige.

In der Advents- und Weihnachtszeit wurde immer an den Adventssonntagen musiziert. Dolf und ich begleiteten die Lieder auf den gerade aktuellen Instrumenten, Mama sang und Papa? Papa spielte Hohner Melodica! Da die Töne durch die Tasten festgelegt waren, musste man nicht musikalisch sein.
Man musste nur die Tasten mit den Noten auf dem Liedblatt in Verbindung bringen, ein bisschen üben ....und schon kamen - ganz passabel - Advents- und Weihnachtslieder aus dem quäkenden Instrument.
Doch die Zeiten änderten sich.
Der Musikgeschmack auch. Hatten wir bisher nur eine Musiktruhe im Wohnzimmer stehen, dessen Radio **NIE** lief, dessen Plattenhalterungen nur äußerst dürftig

bestückt waren (Ralf Bendix – Babysitter Boogie, The Waikikis – Hawaii-Tattoo, Gus Backus – Der Mann im Mond / Da sprach der alte Häuptling der Indianer/Sauerkrautpolka, Friedel Hensch und die Cyprys – Der Mond von Wanne-Eickel, nicht zu vergessen: Glocken deutscher Dome) und die Platten auch selten zu Gehör kamen, wurde Anfang der 70-er alles anders. Dolf kaufte sich die ersten LP's: Creedence Clearwater Revival, Rolling Stones, The Who…. Mal Sandock vom WDR hatte mit seiner Hitparade sein Ziel erreicht, Dolf wurde glühender Fan von CCR! Ab jetzt lief der Plattenspieler oben auf dem Dachboden ständig. Und laut.

Die Zwischendecken in dem kleinen Haus waren 1955 nicht so wahnsinnig gut isoliert worden, niemand konnte ja diese Musikrevolution vorausahnen. Unten in dem ruhigen Wohnzimmer wummerten die Bässe. Und nun nahm das Musikdrama seinen Lauf: Papa oder Mama konnten es irgendwann nicht mehr ertragen. Einer von beiden drehte kurzerhand die Sicherung raus. Von oben war ein hässliches Geräusch zu hören: Üüüüüühjchrchrchr. John Fogerty oder Mick Jagger mussten ihre Klappe halten. Stille.

Aber auch das nicht lange! Laut schimpfend raste Dolf die Treppen nach unten und der schönste Familienkrach war im Gange!

Schon Wilhelm Busch erkannte:

‚Musik wird störend oft empfunden,
weil sie mit Geräusch verbunden...'

Das Haus wird leer

Mit dem Beginn des Studiums in Paderborn verließ Dolf das Haus. Zwar kam er oft an den Wochenenden angereist, aber je heimischer er in Paderborn wurde, umso mehr wurden es seltenere ‚Besuche'. Ich zog 1972 aus, als der Lehrerberuf (unsere Jahrgänge konnten nicht mit voller Stelle anfangen) endlich genug Geld abwarf, um sich eine

nette kleine Wohnung leisten zu können.
Georg ging nach der Lehre bei der BfG für
eineinhalb Jahre nach London und kam für
die Zeit beim Zivildienst nach Hause zurück.
Als er dann aber einen schönen Job bei der
Westfalenbank bekam, zog er nach
Eppendorf in die Husackerstraße.
Mama und Papa bewohnten jetzt mehr das
Erdgeschoss und die erste Etage. Der Keller
war noch notwendig für die Wäsche, für die
Vorratshaltung und den Bastelkeller. Der
Dachboden wurde zum Abstellplatz. Papa
liebte seinen Sessel mit dem Blick in den
Garten, Mama ihre Küche mit dem Backofen.
2009 hatte dieses beschauliche Leben
plötzlich ein Ende, Papa verstarb an einem
geplatzten Bauchaortenaneurysma. Mama
fand sich schwer mit der neuen Situation ab,
denn die beiden hatten ihre Arbeitsbereiche
strikt getrennt. Auch weiterhin kümmerte
sie sich nicht um Papas Bereiche, ihrer
Meinung war das Sache des Mannes und nicht

einer Frau. So betrat sie einfach nicht die Sparkasse, um mal Geld abzuheben! Im Frühjahr 2017 kamen dann zwei Fakten zusammen, Mama merkte, dass ihr mit 86 Jahren das Leben im Haus über den Kopf wuchs. Auf der anderen Seite war bei ihrem Enkel und seiner Frau ein Baby angekommen, deren Wohnung war aber winzig und nicht unbedingt für eine Familie geeignet. Sie unternahm den mutigen Schritt, überließ der kleinen Familie das Haus und zog ins DRK-Seniorenheim. Hier verlebte sie noch eine glückliche Zeit, bis durch eine unglücklich verlaufene Zahn-OP das Leben beschwerlich wurde und auch sie 2020 verstarb.
Mit ihr verstarb die letzte Dohle aus der 1. Generation.
Schon vorher waren die meisten Häuser von den Erben verkauft worden, junge Familien waren eingezogen. Doch auch sie liebten diese Häuser und diese Straße mit dem besonderen Charme.

Unser Haus ist also in der Familie geblieben,
so, wie Papa es sich so sehnlichst gewünscht
hat.
Mama würde sich freuen, dass in ‚ihrer'
Küche genauso eifrig wie bei ihr gekocht und
gebacken wird.
Und wir ‚Kinder' von damals freuen uns, dass
heute wieder genug Kinder hier leben, um
zusammen auf der Straße und in den Gärten
zu spielen.

Bücher

Diese Bücher sind bereits bei Books-on-Demand erschienen:

- Uropas Sicht der Dinge
- Mick Maus baut ein Haus
- Clara juckelt durch Europa
- Die wirklich und wahrhaftige Geschichte, wie die Kirche von Eppendorf zu 4 Kanonenkugeln kam
- Bilderbuch 1   Flora und Fauna
- Bilderbuch 2   Kinder und andere nette Leute
- Bilderbuch 3   Von Uelsen bis nach Ootmarsum
- Bilderbuch 4   Von Garrey bis nach Wittenberg
- Bilderbuch 5   44 Gründe, Sylt zu malen
- Im Bärenreich
- Wie kann sowas denn passieren?
- Bütterken! Bütterken!

- „Schmeckt nicht schlecht!", sagte Hieronymus
- Leise rieselt der Schnee
- Wir wollten mal auf Großfahrt geh'n
  Die Serie soll fortgesetzt werden.
- Fritzis Bochum
- Stippvisiten bei Fritzi
- Fritzis Advent
- Zurück in Bochum
- Ein Mops lief in die Kirche
- „O nee, nä!", sagte Anton, der Maulwurf
- Mathilde, die mathematisch begabte Schnecke
- Wolli Wollkäfer und seine Bande
- Ist 's Mäuschen zu Haus?
- Lebensbilder

- D.Mehring
  Abseits der Gemengelage

Alle Bücher sind im Buchhandel, im
Versandbuchhandel oder beim Verlag
www.bod.de erhältlich.
Inzwischen gibt es auch fast alle Bücher als
E-Books.

©2021 Herstellung und Verlag
 BoD – Books on Demand, Norderstedt
 ISBN 978 3754 3014 5 6